KB080783

이야기 따위 없어져 버려라

구병모 소설

그림 ZQ

이야기 따위 없어져 버려라

창비

이건 이야기란다.

네가 믿지 못할 이야기.

세상에 그런 일이 어디 있느냐고,

너라면 웃고 넘어갈 이야기.

그래서 애초에 없었던 것이

되고 마는 이야기.

조금 전까지 눈앞에서 소리 내며 살아 움직이던 이를, 보이지 않으며 질량도 없는 상태로 돌려놓아 수납했을 뿐인데, Q의 어깨에 멘 리버터가 공연히 묵직해졌다.

　"로테와 루이제에 대해 확보 마쳤습니다. 이제 복귀합니다."

　그때 다른 구역에서 수거를 마치고 돌아가는 길인지, D가 긴 감청색 머리카락을 휘날리며 지나쳐 갔다.

　"수고. 먼저 간다."

　"같이 가지? 나도 끝났는데."

　"그랬으면 좋겠지만, 넌 아직인데?"

　D가 턱으로 가리키는 곳을 내려다보니, 상황실의 호출을 알리는 불빛이 Q의 손목에서 깜박이고 있었다.

"아, 왜 또 나만 갖고…… 890번입니다. 말씀하십시오."

Q가 응답하기 바쁘게 지시가 떨어졌다. 도주 중인 잉게의 모습이 감시 영상에 잡혔으니, 전송 파일로 위치를 확인하고 포획 및 수거하라는 명령이었다.

"잉게는 또 누구냐고, 진짜. 초과 근무 수당은 주려나."

"같이 가 줄까?"

"됐어, 한 명인데 가뿐하겠지. 이따 술이나 해."

손 흔드는 D를 뒤로하고서, Q는 시스템에 전송되는 위치와 경로 예측 정보를 확인하며 바이크를 자동 주행 모드로 바꾸었다. 잉게에 대한 정보는 몇 페이지에 불과하여, 달려가는 동안 스캔하는 걸로 충분했다.

극소수에 속하는 몇몇 사람 외에는 누구도 책을 읽지 않은 지 오래다.

글자를 몰라서가 아니다. 99퍼센트의 사람들이 글자를 알고, 글자가 모여 이룬 낱말과 문장을 읽을 수 있으며 의미도 해독할 수 있다. 그러나 그 문장이 모여 이루는 행간의 진의까지 이해하고 싶어 하는 사람들은 점점 줄어들다가 사라지다시피 했다. 책을 읽지 않는 사람들과 몇 권만 읽은 사람들이 서로 자신의 말이 진리라고 싸우다가 책은 빛바래고 무용해졌다. 200여 년 전에 발간된 소설 가운데에는, 사람들은 몰래 책을 읽고 국가에서는 눈에 띄는 대로 책을 불태운다는 내용의 과학 소설도 있었다는데, 지금 현실을 보면 말 같지도 않은 이야기다.

이런 상태라면 도주한 인물들을 굳이 수거하러 다니지 않아도 되는 거 아닌가? 웬만하면 그냥 자유롭게 풀어 주지, 뭘……. 명령대로 이행하면서도 Q는 그게 의문이었다.

그러나 Q를 포함하여 그와 같은 일을 하는 사서들은, 의문을 갖는 것 자체는 얼마든지 가능하나 그 의문을 밖으로 드러내서는 안 되었다. 이의를 제기해서는 안 되었다. 물론 지금은 이 일을 하는 이들뿐만 아니라 세상에 존재하는 거의 모든 이에게 비슷한 규정이 주어지고 있었다. 궁금해하지 말라, 토 달지 말라, 있는 그대로 접수하고 따르라.

어쩌면 Q가 지금 수거하러 가는 잉게와 같은 이들에게도, 수거를 집행할 때마다 들려주어야 할 말

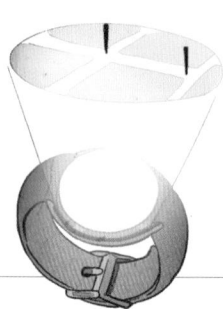

이었다. 당신은 밖으로 나와서 돌아다녀서는 안 되는데 그 이유를 묻지 말 것이며…… 철컥 ―**포박** ― 당신을 원래 있던 자리로 돌려보낼 것인데 이에 저항하지 말 것이며…… 치링, 리버터가 대상을 인식하고 작동한다…….

일단 주어진 명분은 합리적이었다. 도주자들 가운데에는 착하고 지혜로우며 무해한 이들도 없지 않았지만, 상당히 많은 수가 총이나 칼, 폭발물이나 약물을 소지하고 있었다. 남들에게 사기 친 이들, 남들을 시기하거나 배신하거나 비난하거나 곤경에 빠뜨리는 이들은 차라리 귀여운 축에 속했다. 그러나 고리대금업을 하는 노인을 도끼로 살해한 자나, 개인 실험실에서 무허가로 조제한 약을 먹고 인격이 뒤바뀌는 자 같으면 사정이 달랐다. 심지어 얼굴과 몸을 누덕누덕 기운 피조물이 도시를 활보

하여 선량한 시민의 일상을 위협하게 둘 수는 없었다. 어쨌든 세상에 존재했던 이야기들은 그런 위험 인물들의 삶과 주장과…… 가끔은 파멸로, 드물게 아이러니한 구원으로 이루어져 있었다.

"저거네, 잉게."

다리 위를 달리다가 문득 까마득한 아래쪽 도로를 내려다보았을 때, 걷는지 뛰는지 거의 꼬물거리다시피 하는 정수리만 보고도 Q는 목표 대상이라는 사실을 알아차렸다. 안경테의 다이얼을 돌려서 한계치까지 확대해 보니 대상을 더욱 선명하게 확인할 수 있었다.

"수거 진행하겠습니다."

Q는 곧 방향을 틀고 속도를 높였다. 리버터가 충전과 최적화를 완료했다는 안내 음성을 출력했다.

잉게의 팔에 걸린 바구니가 걸어갈 때마다 좌우로 흔들렸다. 처음 주인 부부의 집에서 나올 때까지만 해도 흰 빵이 넘칠 듯 담겨 있었는데, 걸으면서 하나씩 먹고 어떤 건 숨차게 뛰면서 떨어뜨리고 하는 동안 이제는 다 사라지고 몇 개만 남아 있었다.

분명 휴가를 얻어 집에 돌아가던 참이었고, 집으로 가는 길을 따라 걸었을 뿐인데, 걷는 동안 주변 풍경이 어느새 바뀌었다. 마차는 한 대도 눈에 띄지 않았고 꽃과 나무로 가득해야 할 풀숲도 샘물도 늪지대도 간데없었다. 길바닥은 흙빛이 아닌 잿빛으로 가득했다. 주위에는 변변한 집 한 채 눈에 띄지 않았고, 그 대신 거대한 건물의 일부로 짐작되며 누구도 살지 않을 성싶은, 파손된 구조물들만

간혹 보였다. 지나가는 사람은 물론 다람쥐 한 마리도 없었다.

누구에게 도움을 청하지?

그때 이 세상 것이 아니라고 생각되는 굉음이 들려왔다. 그전에 어른들이 잉게를 꾸짖을 때 말하던 하느님의 진노가 이런 소리로 시작되지 않을까 싶었다. 잉게는 자기도 모르게 그 자리에 멈춰 서서 어깨를 움츠린 채, 눈을 감고 두 손가락으로 귀를 틀어막았다. 소리는 점점 가까이, 잉게를 덮칠 것처럼 다가왔다. 바람과 먼지가 사정없이 얼굴과 팔을 때리다가 소리가 제 앞에서 멎었음을 알아차리고서 잉게는 눈을 떴다.

길을 잘못 든 지 며칠 만에, 처음으로 보는 사람이었다.

사람이 괴물의 등 위에 올라타 있는 걸로 보아

그 소음은 괴물이 낸 모양이었다.

저런 걸 길들이다니 보통 사람이 아닌 것만은 분명했고, 그 괴물이 곧장 거대한 발톱으로 자신을 낚아채어 부숴 버리거나 잡아먹지는 않을 성싶었다.

잉게가 눈물을 흘리기 시작하자 그쪽이 당황했는지 괴물에서 내려와서는 물었다.

"괜찮습니까?"

잉게가 주저앉아 울음을 터뜨리자, 상대방은 악마의 솥뚜껑같이 생긴 모자를 벗고 다가왔다.

"아직 아무것도 안 했는데 왜 그러지요?"

아무것도 안 했다는 말뜻이 뭔지는 모르겠고, 아직이라고 하는 걸 보면 곧 대답과 반응 여하에 따라 공격을 하겠다는 뜻으로도 볼 수 있었지만, 잉게는 그 자리에 그대로 넘어져 잠들어 버린 까닭에 대답할 수 없었다.

Q는 감시 위성의 눈길이 세세하게 닿지 않는 폐건물에다 잠든 잉게를 뉘어 놓고 벽에 기대앉아 있었다. 조금 전부터 Q를 호출하는 신호가 손목에 두어 번 전해졌지만 응답하지 않았다. 본부에서는 Q 하나만 관리하지 않았으며 모두가 수백만이 넘는 도주자들을 추적하느라 바빴으므로, 몇 번 응답을 건너뛴다고 해서 바로 요주의 사서로 찍히지는 않을 것이었다.

"이제 어쩌려고 그래?"

부른 적 없지만 신경망이 서로 연결되어 있기라도 한 것처럼, 어느새 D가 폐건물에 들어섰다. 본부 숙소에 돌아가지 않고 그대로 따라온 모양이었다.

"여기는 어떻게 왔어?"

"이러고 있을 줄 알았다. 너 보통 이런 걸로 시간 끄니까. 왜 수거 집행을 안 했어? 이미 포획은 한 거나 다름없는데."

D가 보는 Q는 그랬다. 어차피 수거할 존재들인데 그들이 일방적으로 스스로를 변호하면서 문맥도 이상하고 전후 사정 알 바 아닌 온갖 소리로 떠들어 대는 말을, Q는 저승길 선물이나 사형수의 마지막 식사라도 되는 것처럼 일일이 다 들어 주었다. 그러느라 작업이 늦었고 다른 사서들보다 수거 실적이 낮았다.

"음…… 뭐라고 설명하기가 난감한데."

Q는 얼굴에 눈물 자국이 말라붙은 채 고르게 숨을 내쉬는 잉게의 얼굴을 내려다보았다.

“잠들어 버려서, 본인은 아무것도 모르는 상태로 리버터에 쑤셔 넣는 건 좀 아니다 싶어서.”

D는 진절머리 난다는 듯이 고개를 저으면서도 Q의 말에 무성의하게 동의해 주기는 했다.

“이걸 계속하다 보면, 그렇지. 목표 대상이 사람이라는 착각도 들 만하지.”

그러면서도 사서들이 할 일은 정해져 있으며 그 사실에 의문을 드러내서는 안 된다는 것 역시 D는 잘 알고 있었다.

“그런데 깨어난 다음에 차근차근 사정을 알려 주고 일을 진행하면, 그게 더 잔인하지 않나?”

지금 사서의 일은 하나였다. 책(이라고 한때 불렸던 것)을 찾아서 제자리에 돌려놓는 일.

오랜 옛날, 책이라는 물건이 일상적으로 존재했던 시절에는 사서가 전시회도 기획하고 도서관 이

용자들의 취향에 맞게 북 큐레이션
도 해 주었다고 하지만, 그것은 일부
기록으로만 남아 있고 사실상 전설에
가까웠다.

그 시절에는 거대하고 웅장한 탑과 같은 도서관
이 적지 않았던 데다, 내부는 건축가들이 아름답게
설계하여, 커다란 벌판에 수많은 책들이 나무처럼
심겨 있었다. 발길 닿는 어디나 책들이 질서 정연
하게 우거져 있었다. 처음 방문하는 사람은 숲에서
길을 잃듯 자칫하면 그 안에서 헤매기 마련이었다.

그런 때 사서는 그 안에서 번호와 분야에 따라
정확하게 갈피를 짚어 주기도 했고, 그 반대로 이
용자의 방황에 일조하기도 했다. 때로 어떤 방황은
뜻밖의 휴식을 선사하거나 더욱
아름다운 경치로 안내하기도

하므로. 도서관은 미술관을 비롯한 각종 박물관과 더불어, 그 안에서 길을 잃어도 상관없는 몇 안 되는 공간이었다. 헤맴과 우연한 만남이 다음 세대의 학자를, 사업가를, 예술가를 태어나게도 하는 곳.

지금 사서의 주요 임무는, 도서관 바깥의 세상에 흩어진 콘텐츠 데이터를 수거하여 모든 것을 제자리에 원만하게 되돌려 놓는 것이었다.

사람들이 책을 읽지 않는다고 해서, 세상에 단 한 권의 책도 출간되지 않는 것은 아니었다. 오히려 해를 거듭할수록 더 많은 책이 출간되고, 많음에 비례하여…… 대개는 그 많음을 감당하지 못하여 책들은 빠르게 자취를 감추었다. 절판이라는 이름으로.

　세상 모두가 자신의 이야기를 하고 싶어 했고 그것을 책으로 내고 싶어 했다. 책을 출간하고 나서 극히 일부는 그걸 널리 알려 파는 일에 성공하기도 했다. 예외 사례를 제외하고 대부분은 극소량을 인쇄한 초판본을 지인들끼리 돌려 보거나 서로의 책을 구입해 줌으로써 버려지는 종이를 최소화했다. 출간한 책을 간직하고 기념으로 삼았다. 책의 주인이, 혹은 작가가 세상을 떠난 뒤에는 유족이 거두어 살피지 않는 한 책도 사라졌다. 처음부터 그런 책은 세상에 존재한 적 없었다는 것처럼. 간혹 카론*의 동전 한 닢처럼 고인의 관 안에 함께 들어가는 경우도 있었는데, 이 세상에서 책이 사라진다는 점으로는 다를 바가 없었다.

글을 쓰고 책을 펴내는 행위가 사람들을 살게 했지만, 책을 읽고 싶어 하는 사람들은 점점 줄어드는데 자신의 이야기를 내놓고 싶어 하는 사람들은 넘쳐나서, 그들이 쓰고 발간한 책이 영속성을 얻는 일은 많지 않았다. 저자 자신도 남들의 글을 두루 읽고 공부하여 글쓰기를 계속하기보다는 추억으로 박제하는 데 만족했다. 잘 찍은 사진의 색상과 형태를 보정한 후 웹에 올려 자신을 최대한으로 드러내곤 머지않아 다시 들여다보지 않게 되듯이.

● 그리스 신화 속의 사신이자 저승의 강을 건너게 해 주는 뱃사공. 카론에게 줄 뱃삯으로 죽은 자의 입에 동전을 물렸다고 한다.

그런 상태에서 책이 사라지는 데에 점점 가속도가 붙었고, 고전이라는 명분으로 그나마 가치를 보존하던 책들도 소멸…… 박멸 직전에 이르렀다. 예컨대 소멸과 박멸은 비슷한 뜻이라도 뉘앙스와 쓰임새가 서로 살짝 다르며 어떨 때는 순전히 감정의 문제에 좌우되어 쓰일 때도 있는데, 세상이 책 읽기를 기피하면서 그 미묘한 차이를 구분하지 못하는 이들이 늘어났다. 그런데도 세상에 태어나 다들 기초 교육을 받고 좋든 싫든 한 권 이상의 책은 읽었기에, 서로 자기가 읽은 게 옳다고 하는 싸움만 늘었다.

　　그럼에도 불구하고 사람들은 영화를, 연극을, 만화를, 그림을 보고 음악을 듣고 게임을 했다. 책은 스펙터클한 장면으로 사람들의 심박수를 끌어올리는 영화의 기초 자료가 됐다. 어떻든 읽을 줄은 알고 그나마 읽기를 덜 싫어하는 축에 속하는 사람들이 책을 읽고서, 읽기에 진저리를 내는 사람들을 위한 콘텐츠를 제작했다. 이때 다수의 제작자들은 이용자들이 지나치게 깊이 생각하거나 고민할 시간을 되도록 줄이는 방식의 연출을 택했는데, 읽는 행위가 필요로 하는 것이 바로 그런 충분한 시간이었다.

모호함 없이 이야기가 분명하게 전달되게 하기. 목적지까지 고속 도로를 뚫어 놓은 것처럼. 그리하여 빠른 속도로 수익을 내기. 책이란 그런 것들을 제작하는 데 참고하거나 그 이상으로 제작의 원천 소스가 될 것이었다. 그러므로 공들인 장정, 표지의 무늬나 요철, 가름끈, 낡은 종이 냄새 같은 것은 불필요했다. 그 안에 담긴 내용만 있으면 되었다. 콘텐츠라는 악보 위에는 단지 아름답기만 할 뿐인

꾸밈음 따위는 필요 없고, 감각 기관을 통해 이용자의 뇌에 즉각 때려 박을 수 있는 이야기의 질주, 명확하게 드러나는 주제 의식이면 충분했다.

그러는 동안 이미 소멸된 개개인의 저작물을 제외하고, 명작이나 고전으로 일컬어지는 책들과, 각 시대를 수놓았던 베스트셀러와, 희귀하다 못해 전설이 되기 직전의 책들이 모두 스캐닝 후 '콘텐츠 데이터'가 되었다. 세계 여러 국가의 창세 신화만 둘러본다 쳐도 그 데이터는 이루 말할 수 없이 방대하여, 한 사람이 죽을 때까지 각국 신화만 열람하더라도 다 볼 수 없었다. 신화와 민담, 전설을 비롯한 그 모든 무수한 데이터가 사라져서는 안 되었다. 그것들은 또 다른 콘텐츠의 기초가 되어, 하루가 멀다 하고 출시되었다가 그다음 주에는 잊히는 신규 콘텐츠의 생산에 복무할 귀중한 자료들이었다.

그렇게 모인 데이터가 새로운 시대의 도서관을 이루었다. 시민 누구나 상세 개인 정보를 제공하면 아이디와 패스워드를 발급받아 가상 공간에 접속할 수 있었으므로, 더 이상 누구도 도서관에 직접 가서 책을 찾지 않아도 되었다. 어차피 필요한 것은 콘텐츠뿐이라 일일이 손에 책을 쥐고 넘겨 볼 이유가 없었다. 동시 접속 이용자의 수는 무제한에 가깝게 풀어 두었지만, 콘텐츠를 제작하는 사람들이 주로 이용했기에 가상 공간 자체도 크게 북적이지는 않았다. 접근성이 떨어지는 마을에 '작은 도서관'이나 '마을 도서관' 혹은 '이동 도서관'이라는 이름으로 존재했던 도서관들이 통폐합되었다. 신분만 확실하다면 모두가 교통이나 거리에 상관없이 드나들 수 있는 새 시대의 도서관이었다.

물질로서의 성격을 잃었으나 그 어떤 물질보다

도 견고하고 강력한 데이터가 모인 새 시대의 도서관은, 까다롭게 구축된 무단 복제 금지 기술을 적용하여 언제나처럼 평화롭게 운영되고 있었다.

어느 날 그 데이터가 풍비박산 나기 전까지는, 그랬다.

눈을 떴을 때 잉게는 파란 하늘과 울창한 숲이 아니고, 그렇다고 하여 전형적인 시골집의 흙벽과 나무판자도 아닌, 절반쯤 날아간 잿빛 건물의 천장을 보았다. 여기가 꿈이 아닌 현실이라는 걸 알려주듯이, 자기를 내려다보는 두 사람의 얼굴이 시야 안으로 들어왔다.

그동안은 낮이고 밤이고 쉬지 않고 뜬눈으로 걸

었다. 먹으면서도 걸었고 어쩌면 자면서도 걸었다. 그럴 수밖에 없었다. 잉게가 아는 세상에서는 숲길에 잘못 들어섰다가 길을 잃고 거기서 영원히 빠져나오지 못하는 이들이 많았다. 모든 나무가 비슷하게 생겼으니까. 헤매는 이들은 요정이나 마녀가 데려가기도 하지만, 보통은 그러기 전에 하룻밤을 넘기지 못하고 늑대 밥이 된다고 했다.

그러나 이 숲은 나무 한 그루 눈에 띄지 않고, 끝없이 뻗은 회색 길과, 죽어 넘어지고 부서져 더는 움직이지 않는 온갖 괴물들뿐이어서, 잉게는 앞으로 나아가는 것 외에 할 수 있는 일이 없었다.

처음에는 움직임 없는 괴물들로 가득 찬 회색 지옥에서 벗어나기 위해 걸었고, 어두워졌을 때는 숲에서 으레 그러하듯이 어디선가 늑대나 곰이 나타날까 싶어 달빛에 의존하여 걸음을 재촉했다. 그러는 동안 사람을 닮은 누군가를 혹은 무언가를 만나기라도 한다면, 그것이 비록 아이를 잡아먹는 마녀라 해도 틀림없이 그 옷자락에 매달리게 되리라 예감하면서.

"이제 정신이 듭니까?"

그렇게 묻는 이는 아까 살아서 울부짖는 괴물을 타고 다니던 사람이었다. 세상에 태어나 단 한 번도 들어 본 적 없는 이상한 발음과 억양으로 이루어진 말이었는데, 신기하게도 잉게는 줄곧 그 말을 다 알아들을 수 있었다.

"아픈 데는 없습니까?"

잉게는 고개를 저었다.

"여기가 어딘지 알겠습니까?"

역시 이어서 고개를 젓자 Q는 쓸쓸하게 미소 지었다.

"그런 걸 물어보아서 미안합니다. 실은 모르는 게 당연합니다. 그럼 당신이 누군지는 알고 있습니까?"

D가 못마땅한 얼굴을 하고 손사래를 쳤다.

"하지 말라고. 너 그거 진짜 규정 위반이야. 규정을 엄격하게 지키려면 사실은 말 한마디 섞어선 안 되는 거 몰라? 게다가 누구냐니, 자아가 발생할 위험이 있는 질문을 그렇게 함부로."

"네 말이 다 옳아, 하지만……."

하지만 우리는 사서인걸. Q는 뒷말을 삼켰다.

사서니까, 세상 모든 책의 내용을 훤히 꿸 수는 없더라도, 최소한 지금 눈앞에 있는 책의 개요 정도는 대략이나마 파악하게 마련이라고. 전송되거나 입력된 데이터를 빛의 속도로 일별하여, 그 데이터를 가장 적합한 디렉터리에 위치시키기 위해. 도서관의 새로운 이용자가 언제라도 혼란을 겪지 않고 자료를 찾아 참고하며 또 다른 콘텐츠를 만들 수 있도록.

그러기 위해, 데이터를 가능한 한 안정 상태로 만드는 일이 어째서 규정 위반이라는 걸까? Q는 그런 의문을 품을 수 있었다. 어쨌든 명령을 따르기만 하면 되는 일이었다.

"저기…… 저는 잉게라고 하는데요."

일단 눈앞에서 사람들이 옥신각신하고 있으니 잉게는 조심스레 끼어들었다. 곰 사냥꾼인지 아이를 납치하는 마법사들인지는 아직 알 수 없었으나, 어쩌면 이 곤경에서 벗어날 실마리를 줄지도 모르는 이들이었다.

그 말을 듣고 D는 안색이 변해서 Q의 어깨를 밀었다.

"얘는 자아가 어느 정도 살아 있는 모양이네. 이제 난 모르겠다. 네가 알아서 해."

"저는 잉게인데, 그러면 안 되나요?"

잉게는 아무리 보아도 눈앞의 사람들이 당장 도움을 주지 않을 듯한 예감 정도는 들었고, 그들이 입은 옷이나 신발, 장갑이며 도끼로 추정되는 무언가가 담긴 가방, 낯선 장신구 같은 것들이 그 짐작에 확신을 얹어 주었지만, 그렇다고 해서 길을 떠난 뒤로 처음 만난 이들을 놓칠 수는 없었으므로 다급히 말했다.

Q는 몸을 일으킨 잉게 앞에 마주 앉았다.

"내가 갑자기 앞을 가로막아서 놀랐을 겁니다."

"어, 그러니까…… 조금 놀라긴 했지만, 길을 잃고 난 뒤로 사람을 본 게 처음이라서요."

"길을 잃기 전에 무엇을 하고 있었는지, 주위에는 뭐가 있었는지 말해 줄 수 있습니까?"

"정말 아무것도……. 다른 거 안 했어요. 제 기억이 맞는다면 말이지요. 그냥 주인아주머니께서 집에 한번 다녀오라고 하셨어요. 부엌일, 빨래, 청소, 그동안 열심히 했다고 휴가를 주셨어요. 그리고……."

잉게는 주위를 둘러보다가 문득 빵 한두 개만

남고 거의 비다시피 한 자기 바구니가 곁에 그대로 놓여 있는 것을 발견했다.

"한겨울의 흰 눈을 모아 빚은 것 같은 이 빵을 주셨어요. 부모님께 갖다 드리라고 하셨지요. 원래 바구니에 넘치도록 담아 주셨는데, 지금은 별로 없지만요."

"빵은 다 어디로 갔습니까?"

빵의 행방이 무엇보다도 중요한 일이라는 듯이 Q는 물었다. 잉게는 그것이 무슨 상관인가 싶어서 좀 이상했지만, 일단 자기가 빵을 어떻게 했는지는 확실하게 기억하고 있으므로 대답했다.

"숲길이 펼쳐져야 하는데 자꾸 풀 한 포기 없는 이상한 길만 나오고, 그렇다고 지금까지 온 길을 뒤돌아보아도 똑같이 생긴 길만 있을 뿐이라 어디로 돌아가야 할지 몰랐어요. 하는 수 없이 누구라도 만날 때까지, 사람 사는 집이 한 채라도 보일 때까지 이대로 걷자 마음먹었어요. 지쳐 쓰러질 것 같을 때면 바구니의 보자기를 들추고 빵을 하나씩 꺼내 먹었어요. 고이 갖고 있어 봤자 잘 구워진 밀과 설탕이 좋은 냄새를 풍기면, 밤길에 늑대가 쫓아올지도 모르잖아요. 그런데 워낙 살아 있는 게 안 보이다 보니까, 나중엔 차라리 늑대라도 만나는 게 낫겠다 싶어졌을 때 아저씨가 온 거예요."

"그렇게 된 거구나. 숲에 들어서기도 전에. 늪지대를 건너기도 전에."

Q는 고민에 빠진 얼굴이 되었다.

"그래서 여기는 어디죠? 아저씨랑 아주머니는 누구세요?"

"우리 둘 다 아저씨도 아주머니도 아니거든."

D가 못마땅하다는 듯이 걸고넘어지는 것을 못 들은 척하고 Q는 대답했다.

"여기 있는 D와 나는 둘 다, 사서입니다."

"사서가 뭔데요?"

"우리가 누군지를 말하려면, 먼저 우리에게 일어난 일에 대해 이야기해야 합니다."

잉게는 사실 그들이 누군지는 물론이고 여기가 어딘지도, 궁금하기는 하나 그렇게까지 중요하지는 않았다. 지금은 여기를 떠나 집에 무사히 가는

게 먼저였고, 그러자면 그들의 이야기가 아무리 길
더라도 듣는 시늉은 해야 할 것 같았다. 잉게는 자
세를 바로 하고 앉았다.

"당신을 만나기 전에, 나는 당신의 이야기를 전
해 받았습니다."

"아저씨가 나를 알아요?"

“원래는 몰랐고, 정보를 통해 대강의 개요를 알게 됩니다. 그 이야기의 제목은 『빵을 밟은 소녀』입니다.”

“정보라니 그건 다 뭐예요? 나는 여기 있는데, 왜 내 이야기에, 누가 어떻게 제목을 붙여요?”

잉게는 기껏 성의 있게 들으려고 했는데 고작 미친 사람의 헛소리인가 싶어 절로 실망스러운 표정이 지어졌다.

“당신은 정보라는 말이 익숙하지 않은 시대에서 왔지요. 정보는, 뭐라고 할까요, 그냥 사람들 사이에 맴도는 소문보다는 최소한 손톱 한 개만큼은 믿을 만한 무언가라고 해 두는 게 좋겠습니다. 여하간 이야기대로 흘러가자면 잉게, 당신은 바구니 속의 빵을 먹지 않고 늪에 던져야 했습니다. 그리고 결코 빠져나올 수 없는 늪 속으로 깊이 잠긴 다음,

그길로 지옥에서 오랜 세월을 보내기로 되어 있었지요."

정신 나간 소리는 점차 정도가 심해졌다. 잉게는 곰 앞에서 죽은 척을 하는 게 이 이야기를 듣는 것보다는 차라리 쉽겠다는 생각마저 들었다.

데이터의 가장 큰 특징은 물론 무한 복제가 가능하다는 것이었고, 따라서 무단 복제와 변형 또한 쉬웠다. 그때까지도 책을 사랑하는 극소수의 희귀 인류 가운데 일부는, 이를 가리켜 극단적으로 말하기도 했다. 지금껏 세상에 존재하고 사라져 간 콘텐츠들은 그런 과거의 복제와 변형의 결과물에 지나지 않는다고.

따라서 원본과 원본에 비교적 가까운 텍스트, 그리고 공인된 이본(異本)들이 훼손되지 않도록, 새로운 시대의 도서관은 이용자들에게 복제와 전송을 금지하고 열람만을 허용했다. 개인의 다운로드와 소유는 불가능한 대신, 언제든 도서관에 로그인해서 볼 수 있게 한다는 방침이었다.

원본 데이터의 파손에 대비하여 복제 도서관도 일종의 대피소 개념으로 만들어 두기는 했으나, 그 전까지 인류가 발간하고 증식시켜 온 모든 책의 데이터를 완전한 형식과 내용을 갖추어 사본까지 보관하기에는 서버와 용량에 한계가 있었다. 그리하여 역사적으로 중요성을 띠었다고 인정되는 고전과 시대별 베스트셀러 위주로 보관했다. 서버와 용량의 무조건적인 증설은 이루어지지 않았다. 도서관이란 수익이 나지 않는 공공사업으로 이윤 추구와 무관했으므로 예산을 책정할 때 언제나 가장 뒷전으로 밀려나곤 했다. 도서관의 보안은 가장 낮은 관리비를 부르는 외주 용역 업체에 맡겨져 한정된 인원과 역량으로 유지되었다.

그러던 중 최초 서버가 다운되고 정보 전송의 흐름이 평소와 다른 패턴을 띠었을 때, 거기서 이상한 기운을 감지한 즉시 대응에 들어갈 수 있는 사람은 없었다. 수백 개의 명령어, 수만 페이지에 이르는 프롬프터가 화면을 가득 채우며 빠르게 넘어갔고, 데이터는 빠르게 오염 혹은 유실되었다. 대피소의 데이터까지 동시에 침식되는 걸로 보아 한두 명의 공격이 아닌 듯했다.

해커들의 정체와 규모, 목적, 요구 사항 가운데 어느 것도 알아낼 틈 없이 대부분의 데이터가 손상된 것까지는, 인류 문화유산 차원에서 비극적인 사건이지만 그럴 수도 있는 일이었다. 그래도 된다는 게 아니라 개연성의 측면에서. 해커들은 추적하여 잡아들이고 천천히 심문하면 될 일이었다. 공격 목적을 알아내는 일이 중요할 것 같았지만, 타인에게 큰 피해를 입히는 이들에게 목적을 물어보았자 대부분 재미로 그랬어요, 장난이었어요, 같은 대답이

나오게 마련이라 지금으로선 부질없었다. 그들을 심문한다고 하여 파손된 데이터가 복구되는 것도 아니었으므로. 어쩌면 해묵은 과거에 버려진, 다 바스러지고 곰팡이가 피어 원형을 알아보기 힘든 종이책들을 일일이 다시 찾아서 손대야 할지도 몰랐다.

그러나 정말로 이상한 일은 도서관의 데이터가 거의 다 손상되고 난 다음에 나타나기 시작했다.

아무리 복원 전문 소프트웨어를 돌려도 원래대로 돌아오지 않고 내용의 일부 혹은 대부분이 깨진 상태인 것까지는 역시 그럴 수 있었다. 기술력으로 해결되지 않는 심각한 오류는 어느 서버나 데이터에든 발생할 수 있었다. 그런데 기술로만 설명하기 어려운 문제가 생겼다.

조각난 데이터 안에서, 이야기 속의 인물들이

바깥으로 나와 돌아다니기 시작했다. 그럴 수 있었다. 애초에 세상 모든 데이터는 텍스트로만 담긴 것이 아니라 이미지, 소리, 촉감, 냄새 같은 것들도 포함되어 있었으므로. 그런데 그 데이터들이 만져지지 않는 홀로그램의 방식으로 떠도는 게 아니라, 질감과 양감을 갖고 살아 움직이며 소리를 내기 시작했다.

장시간의 연구 분석과 토론 끝에, 물질이 되어 버린 그것들을 다시 데이터로 변환하고 회수하여 원본 데이터에 결합하기 전까지는 각 이야기의 복구가 불가능하다는 데에 의견이 모였다. 설령 원본을 살려 내지 못하더라도, 사람이 사는 도시에 책 속의 인물과 동물 들이 돌아다니며 각지를 파손하는 걸 그대로 놔둘 수는 없었다. 그렇다고 군부대를 배치하여 그들을 일망타진하는 것은, 과거 유산

보존과 미래를 고려하면 좋은 선택이라고 보기 어려웠다.

데이터가 물질이 되었다면 역으로 물질을 데이터로 돌려놓는 일이 불가능할 리 없다는 생각으로 개발한 것은 기관총 크기의 리버터였다. 물질과 데이터를 상호 변환 가능하도록 개발하는 데에만 일 년 가까이 걸렸고, 그러는 동안 데이터 속의 수많은 주인공 혹은 엑스트라들이 도시를 점령해 나갔다. 사람들은 서둘러 이사를 떠났고 이곳은 유령도시 비슷하게 변했다. 도시를 연결하는 교통편은 끊기고 도시 둘레로 장벽이 세워졌다.

장벽으로 인해 대부분의 인물들은 도시 경계 바깥으로는 나갈 수 없게 되었다. 가끔 하늘을 나는 존재들은 쉽게 눈에 띄었으므로 시 외곽의 정찰 부대에 의해 진압 생포되었다. 물에 사는 존재들은 장벽 안쪽의 강이나 연못에서 발견되어, 그들이 해수를 찾아 헤매다가 다 죽어 가기 직전 서둘러 데이터로 돌려놓았다.

그 외에는 도시 안에서 목적을 잃고 혼란에 빠져 적당한 빈집을 엄폐물로 삼으면서 방랑하는 인물들을 데이터로 다시 돌려놓아야 했다. 문제는 그 일을 할 수 있는 인력도, 리버터의 수도 한정되어 있다는 사실이었다.

여러 악조건 가운데 사서 정예 부대가 꾸려졌다. 사서들은 지시를 받은 대로 도시 곳곳에 흩어져 인물과 동물 그리고 괴물 들을 회수했다. 리버터를 조준하여 대상을 스캔하고, 평범한 물질로 보이나 생물 종으로서의 특성이 담겨 있지 않다는 점을 확인한 뒤에는 데이터로 바꾸어 장치에 저장했다. 일종의 흡수인 셈이었다. 그 과정에는 짧지 않은 시간이 걸리고, 인물들이 아무리 지치고 힘이 빠졌어도 마냥 가만히 있는 게 아니다 보니 그 자리에서 도주하거나 사서와 육탄전을 벌이기 때문에, 쉬운 일은 아니었다. 가끔 엑스트라에 해당하는 동물은 그대로 회수되지 못하고 죽기도 했다. 그 경우 원본 복구에 어느 정도 성공하더라도 원래의 이야기 속에서 그 동물은 삭제되었다. 애초에 아무리 비중이 크지 않았더라도 그런 이야기들의 이음매는 헐거워졌다.

Q는 시간이 걸리더라도 가능한 한 도주자들에게 이야기를 들려주었고 이 일의 당위성을 설명했으며 얌전히 책 속으로 돌아가 달라고 설득했다. 시간이 많이 걸리다 보니 데이터 회수 실적은 낮았지만, Q가 회수한 인물들은 큰 손상 없이 원래의 이야기로 되돌아갔다.

"그래서…… 내가 이야기의 주인공이라고요?"

잉게가 눈을 빛내며 물었다. 그전까지 자기가 중요한 사람이라고 인정받은 적이 없었다. 물론 지나가던 사람들이 돌아보며 고운 얼굴에 감탄하는 말을 한 적은 있었다. 그래도 험담을 더 많이 들었다. 주로 외모는 아름다운데 성격이 문제라는 말들이었다. 성품이 잔인하고, 신 앞에 겸손해도 모자랄 것을 콧대가 높아 교만하다고 말이다. 어른들은 도덕적이고 교훈적인 충고를 많이 했지만, 그건 다 어른들에게 순종하라는 압박을 좋은 말로 포장한 것에 불과했다.

그런데 주인공이라니!

……그러나 Q의 말을 들어 보면, 주인공이라고

꼭 좋은 자리는 아닌 모양이었다. 주인공이라는 말에 기분이 좋아지기가 무섭게 잉게는 불안해졌다.

"세상에는 여러 주인공이 있습니다. 강하고 선량하며 남들을 돕고 자신의 인생을 완성하는 주인공. 반대로 자신의 욕망만 채우던 끝에 파멸하는 사악한 주인공도 있고요. 파멸했지만 회개하여 구원받는 주인공도 있습니다. 거칠게 구분했지만 사실은 그 어느 쪽도 아니고 생각보다 복잡한 주인공들이, 아마도 더 많을 겁니다……. 살아 있는 인간이라면 보통 그러니까요."

"보통, 그래요? 아저씨를 포함해서요?"

"저는……."

Q는 D를 흘끔 돌아보면서 망설이는 듯한 미소를 띠었다.

"우리는 그다지, 아무 데도 속해 있지 않는 것

같습니다.”

하긴 잉게로서도 그들이 어떤 사람인지는 별로 중요하지 않았다. 이 장면에서 빠져나갈 수 있도록 도와줄 사람들인지가 문제일 뿐이었다.

“그러면 저는 그중에서 뭐죠?”

“분류를 하는 게 의미가 있을지는 모르지만 굳이 따지자면 사후의 회개와 구원 쪽에 가깝습니다.”

이건 또 뜻밖의 불행이었다. 잉게는 자기도 모르게 벌떡 일어났다. 여차하면 그 자리에 바구니 같은 건 내버려 두고 도망칠 준비를 해야 할지 몰랐다. 자기도 모르게 구두를 고쳐 신기라도 하는 듯 뒤꿈치에 힘이 들어갔다.

“왜? 내가 왜요? 내가 뭘 잘못했는데요?”

“저한테 물어보아도, 제가 작가가 아니라서 모릅니다. 하지만 전송받은 개요 정보에 따르면, 작가가 설계한 당신의 잘못은 대강 이렇습니다. 당신은 풍뎅이의 등에 핀을 꽂고 즐거워했고, 예쁜 얼굴을 자랑했고…… 이것만큼은 요즘 세상 기준에서는 뭐가 문제인지 모르겠군요. 남의 집에서 일하는 건 게으름 피우지 않고 열심히 했지만, 휴가를 받아 집으로 돌아가는 길에 예쁜 구두를 더럽히기가 싫어서 신이 주신 음식을 늪에 던져 버렸습니다. 그걸 밟고 건너려다 늪에 빠져서 지옥에 갔고, 거기서 온갖 고난을 겪은 뒤 훗날 다른 착한 소녀의 눈물과 기도에 감화를 받아 회개와 구원을……."

잉게는 두 팔을 내저으며 Q의 말을 가로막았다.

"잠깐만요. 말도 안 돼. 그건 내가 아니에요."

"저는 이야기대로 읊어 드리는 것뿐입니다."

"나는 주인아주머니가 선물로 주신 빵을 받아 나와서 어딘지도 모를 곳을 걷고 있었고, 늪도 못

보았어요. 빵은 버린 게 아니라 내가 조금씩 먹었고요. 사람들이 얼굴만 갖고 나를 칭찬한 건 사실이고, 그렇다고 해서 길 가는 사람 붙들고 내 얼굴을 자랑하거나 남들을 못생겼다고 깔보거나 그런 적은 없어요. 내 외모에 만족해서 자신감을 갖고 고개 들고 다니는 정도가 그렇게 잘못된 거예요?"

"그러니까 그건 저도 동감이고…….”

"그래요, 풍뎅이. 내가 바느질 상자를 열어 놓았는데 거기에 풍뎅이 한 마리가 떨어져서 핀이 등을 관통했어요. 무섭고 징그러워서, 손대기도 겁나서 바느질 상자를 통째로 엎었어요. 도저히 손을 뻗어서 그 등에 박힌 핀을 뽑아 줄 생각까지는 들지 않았다고요. 그래도 죽어 가는 건 불쌍하니까 벌레를 앞으로 조금씩 밀어 주면서, 움직여라, 제발 움직여라, 초조하게 말했지요. 결국 못 움직이고 죽었

지만요. 그런데 창밖을 지나가던 이웃 사람이 그걸 보고 다른 이웃들에게 말하고 다녔고, 그러다가 제가 벌레에 핀을 꽂고 '돌아라, 돌아라' 박수라도 친 것처럼 말이 돌더군요. 풍뎅이를 구해 주지 않은 게 지옥에 떨어질 죄라는 말이에요?"

"글쎄요, 그건 제가 판단할 일이 아니고⋯⋯."

"나는 아저씨 말을 듣고 얌전히 책 속으로 돌아가 책의 일부가 되어서, 내가 원한 적도 없는 그런 일들을 저지르고, 지옥에 가야 해요?"

잉게는 눈앞의 Q가 이 모든 일의 주범이라는 듯이, 하소연 반에 항의 반을 섞어 말하다가 점점 언성이 높아지더니 머지않아 폭발할 것처럼 보였다.

"난 전에 그 이야기 본 적 있어."

그때 뜻밖에도, 전혀 개입하지 않을 것 같던 D가 씁쓸한 말투로 Q에게 한마디 건넸다.

"너는 이번에 데이터로 받아서 알았겠지만. 대충만 봤는데도 이야기가 좀 불만스럽긴 하더라. 결국은 착하게 살아라 겸손해라 나대지 마라 어른들 말씀에 복종해라 같은 고리타분한 설교를 할 뿐이잖아. 그것도 예쁜 여자아이 하나를 제물로 잡아서. 허영심에 찌들었다느니 그런 죄목을 덮어씌워 가면서. 요즘 세상에 살려 두어도 괜찮을까 싶은 생각이 들긴 하지. 단정하게 갈라붙여 놓은 가르마 같은 길을 제시하고서, 그리로만 가라고 아이들의 등을 떠미는 것 같은 이야기를 말이야."

그때 Q의 손목에 신호 불빛이 들어왔다. 폐건물 안에 들어와 있는 이들의 현황이 자세히 들여다보이지는 않지만 위치 확인만은 되는데, 그 자리에서 움직임이 없는 Q에게 데이터 수거를 독촉하는 내용이었다. 이 명령을 보고도 오 분 내로 움직임이 없을 시 현재의 위치로 병력을 지원하겠다는 추신도 함께였다. 병력은 언제나 턱없이 모자랐으므로 그런 경고는 대개 형식상의 전언이었지만, AI 부대라면 얘기가 좀 다를 것이었다.

Q는 지시를 무시하고 물었다.

"그러면 지금 당신이 원하는 건 뭔가요?"

"나는요, 그러니까."

태어남으로써 삶을 얻은 인간은 아니며, 비록 데이터라고는 하나 어린아이였다. 그런 아이에게, 곧 다가올 지옥행을 잠자코 받아들이라는 말은 처음부터 통할 리가 없었다.

"나는, 이야기가 정해 준 삶이 아니라 내 삶을 살고 싶어요."

"알겠습니다."

Q는 자리에서 일어나 천천히 잉게를 향해 리버

터를 조준했다. 간략한 얘기로는 듣긴 했지만 막상 실물로 보니 상상을 초월하는 괴물이라 잉게는 뒷 걸음질했다.

"이대로 당신을 데이터 상태로 데리고 나가서, 이 도시의 바깥에 다시 물질로 풀어 주겠습니다."

그 말이 곧바로 이해되지는 않았지만 어쨌든 도 와주겠다는 이야기로 들리고 그게 믿어지지 않아 서 잉게는 잠시 말문이 막혔다.

"정말, 그게 돼요? 아니, 그래도 돼요?"

아까 한두 차례 고민하거나 망설이는 듯했던 Q의 얼굴에는 이제 사무적인 기색만 맴돌았다. 합 리적인 분석과 결론에 따라 일을 처리할 뿐이라는 듯이. 이쪽이 본모습이고 그때는 잉게가 단순히 잘 못 본 것 같았다.

"안 됩니다. 지금으로선 당신이 지옥에 들어가

지 않을 유일한 방법이고, 내 판단으로 그렇게 합니다. 그리고 여기 D의 판단도 덧붙여서."

Q가 엄지로 가리키자 D는 펄쩍 뛰었다.

"아, 나는 별다른 말 안 했거든."

"거기서부터는 혼자 가야 합니다. 어머니도 주인아주머니도 존재하지 않는 곳에서 어떻게든 스스로 살아 나가야 합니다. 어쩌면 책 속의 지옥보다 더 나쁜 일과 마주칠지도 모릅니다. 그래도 되겠습니까?"

혼자 모르는 세계에서 살아가기 대 지옥에서 영원히 고통받기, 선택지가 단 둘뿐이라면 무엇을 골라야 할까? Q의 손목에 불빛이 계속 들어오고 있었다. 그것이 어떤 신호인지 잉게로서는 알 길이 없었고, 한편으로는 Q가 들려준 이야기가 모두 거짓이고 자신의 이야기 속 운명이 지옥과는 무관할지도 몰랐지만, 망설일 시간이 그리 많이 주어지지 않았음을 직감했다.

"영문 모르고 지옥에 빠지는 것보단 나을 것 같아요."

"그러면 그 자리에서 움직이지 말고, 나를 믿으세요."

Q가 리버터의 작동 버튼을 누르자, 곧 물질을 데이터로 압축 변형할 준비가 되었다는 알림 메시지가 떴다.

잉게의 몸 위로, 태어나 처음 보는 영롱한 빛이 쏟아졌다. 그 빛에 눈이 멀 것 같아 잉게는 눈을 꼭 감았다.

"……후회 안 하는 거지?"

　D의 말은 물음이라기보다는 확인에 가까웠다.

　"한 편의 이야기가 영원히 없어지게 방치한다는 점에서는 사서 실격이지."

　"네가 어떻게 될지는 알고 있는 거야?"

　"그럼. 그래도 이 세상에서 그 이야기를 없애 버린 걸 잘못이라고 생각하지는 않아. 어차피 세상 누구도 찾아 읽지 않는다면, 있는 이야기도 없는 것과 크게 다를 바 없으니까."

　Q의 손에서 조금 전, 한 편의 이야기가 죽었다. 이야기의 돌연사. 그러나 실상 세월이 흐르며 오래도록 괴사되어 왔을지도 모르는 이야기의 죽음과

함께, 한 사람이 막 태어난 참이었다.

두 대의 바이크가 도시 경계 너머를 질주했다. D와 Q의 어깨에 멘 리버터가 묵직하게 덜컹거렸다. 거기에는 아직도, 제출해야 할 많은 데이터가 있었다.

열아홉 살의 잉게는 어느 날 손님에게 술잔과 과자를 내다가 깜짝 놀라서 얼굴을 들여다보았다. 수년 전 자신을 도시 경계 밖으로 탈출하도록 도와주었던 D가 앉아 있었다. 예전보다 초췌해진 얼굴에, 이상한 제복을 입고 있지 않아서 몰라볼 뻔했다.

"이게 어떻게 된 일이에요?"

"어, 너냐."

D는 한순간 실눈을 좀 더 크게 뜨는 듯했지만 표정은 전체적으로 심드렁해 보였다.

"오랜만이네."

"왜…… 왜 당신이 도시 바깥에 나와 있어요?"

"조용히 해라. 머리 울리니까. 너는 어떻게 지냈

냐?"

D가 그렇게 말했을 때 잉게는 순간 할 말이 떠오르지 않았다. 어떻게. 그 안에는 너무 많은 의미가 담긴 바람에 무엇으로도 나타내어 말할 길이 없었다. 어떻게 살았지?라는 것은 도대체 어떻게 이런 식으로 살아갈 수 있지?라는 말도 포함할 수 있었고, 나중에는 어떻게 죽는 게 좋을까?라는 의미도 들어갔다.

"우선 일자리를 찾고, 말을 배웠지요. 당신들이 하는 말은 다 알아들을 수 있고 나도 말할 수 있었는데, 이상하게 바깥세상에 나왔더니 누구의 말도 알아듣지 못했고 내 말을 알아듣는 사람도 없었거든요."

"그래서 이런저런 가게를 전전했나 보네. 괴롭히는 손님은?"

괴롭힌다는 말로는 충분치 않았다. 낯선 세계에 지인도 없이 버려진 잉게는 발길 닿는 곳마다 지옥을 보았다. 모두가 잉게를 수상하게 여기고 외면하거나 반대로 나쁘게 이용하려 했다. 쓰러져 죽기 전에 동정심 많은 사람들에게 구조를 받고 나서 여러 가정과 가게에서 일했다. 가끔 어떤 이들은 말이 서툴러도 심지어 말을 아예 못 하더라도 그 얼굴을 써서 일할 수 있다며, 자기 가게에 와서 춤을 배워 보라고 명함을 내밀기도 했다. 그런 때는 지나가던 전혀 모르는 아주머니들이 어린 여자아이를 꼬드기지 말라고 소리치곤, 마치 일행인 것처럼 잉게의 손을 잡아끌고 그 자리를 떠났다. 그들은 잉게에게 가족이 있는지 묻고, 저런 사람을 따라가면 안 된다고 경고했다.

좋은 사람들도 없지 않았지만 대부분은 무섭거

나 난폭했고, 잉게는 굶거나 다치거나 위험할 뻔했던 적이 여러 번이었다. 어쩌면 여기가 그 이야기라는 것의 연장선상에 있는 거라고, 사서라던 사람들 또한 자신을 지옥으로 보내기 위해 계획된 등장인물들 가운데 하나이고 자기는 지금 지옥에 와 있는 거라는 생각도 들곤 했다.

"왜 없겠어요. 하지만 어떤 수난이든 지옥보다는 낫겠지 하고 넘어가요. 나한테 중요한 건 사후 세계의 은총과 구원보다는 지금이니까요."

"그래, 그러면 됐어."

그러면 됐다니, 무언가 체념에 가깝게 들리는 말이었다. 그러고 보니 D의 잔이 거의 다 비어 갈 때까지 Q가 그 자리에 나타나지 않는 것도 이상했다.

"저기, 일행분은요?"

잉게가 두리번거리자 D는 잠깐 풀린 눈으로 허

공을 바라보며 골몰하는 듯했다.

"음? 누구?"

D는 그 전에 마신 술 때문인지 이미 좀 취한 상태로 보였는데, 뒤늦게 생각났다는 듯 고개를 끄덕였다.

"아…… 나 개랑 특별히 파트너라거나 그런 거 아니었어."

"그런가요."

"나는 이렇게 탈주 신세지만, 그 녀석은 고지식하거든. 의문이 있더라도 원칙을 준수해. 그래서 자기 운명을 받아들이러 갔어."

"탈주요?"

D의 모습을 보면 그동안 문제가 있었으리라는 짐작은 갔지만 그게 어느 정도인지 상상할 수는 없어서, 잉게는 덜컥 겁이 났다.

"나 도와줘서 무슨 일 있었어요? 아니 그보다 무슨, 어떤 운명 말인데요?"

"아가씨도 이제 제 밥값을 버는 어른이 됐으니…… 자기 삶이 무엇 위에 세워졌는지 정도는 알아도 되겠지."

D는 앞에 놓인 잔을 비우고 주머니에서 구시대의 구겨진 지폐와 동전을 꺼내 식탁에 올려놓았다. 그리고 천천히 일어서서 잉게의 뺨 옆으로 고개를 숙였다.

"우리도 아가씨랑 같아."

얼어붙은 잉게의 귓가에 D의 목소리가 선고처럼 내려앉았다.

"우리도, 데이터였다고."

의무를 저버리고 명령에 불복한 Q는, 그 자신도 데이터로 돌아가는 처분을 받아들였단다. 사서들은 물질과 데이터의 상호 변환 연구 과정에서 거듭된 실험으로 태어난 이들이었지. Q를 처음 만났을 때 나쁜 사람처럼은 안 보였는데 왜 감정이 없어 보였을까, 난감한 문제 앞에서는 미소도 띠는 것 같고 고민도 하는 것 같았던 모습이 왜 일시적인 것에 불과했을까……. 나는 그 답을 비로소 어렴풋하게나마 짐작하게 된 거야.

슬픈 일이지만, 그것이 Q의 완전한 죽음을 말하지는 않아. 다만 형태와 물질로서의 작용을 잃고 데이터로 영원히 살아남아, 오늘날 우리를 둘러싼 거대한 세상의 일부를 이루고 있을 뿐이지.

Q의 지시 불이행으로 인해 이 세상에서는 『빵을 밟은 소녀』라는 이야기가 영원히 사라져 버렸고, 음, 혹시 또 모르지, 그 이야기는 세상 어딘가의 제대로 된 서고가 아닌 낡은 지하실 창고에 쥐들이 갉아먹은 종이책들, 대책 없이 거대한 산으로 쌓인 폐지 속에 파묻혀 있을지도. 그러나 지금의 사람들은 시대도 다르고 문화도 정서도 다른 그 옛날의 이야기를 굳이 찾아내서 복원할 필요를 느끼지 않겠지. 사람들에게는 즐길 거리가 너무나 많으니까. 재미있는 콘텐츠가 무궁무진한데 뭐 하러 폐지 더미 한가운데를 들쑤시겠니. 그러니 언제까지고 원래의 이야기는 잊힐 거야. 나를 잊어 준다면 반가운 일이지.

중요한 것은, 그 옛날의 이야기는 사라졌을지 몰라도, 아니, 오히려 그 옛날의 이야기가 사라졌기에 비로소 나의 이야기는 시작될 수 있었다는 거란다. 볼품없고 평범하고 평생 남의 밑에서 수모를 당하며 반복 노동을 했을 뿐이지만, 그럼에도 불구하고 나의 이야기가. 누구의 조작도 없이, 회개와 구원이라는 얼굴을 하고 있으면서 그 실체는 낡은 설교에 동원되어 소모되고 마는 삶이 아닌, 내 의지로 내가 살아가는 이야기가.

안녕히, 안데르센 *Hans Christian Andersen.*

구병모

기억이면 속에서 언제까지나.

소설의
첫 만남 **28**

이야기 따위 없어져 버려라

초판 1쇄 발행 | 2023년 8월 18일
초판 4쇄 발행 | 2024년 6월 27일

지은이 | 구병모
그린이 | ZQ
펴낸이 | 염종선
책임편집 | 김도연
펴낸곳 | (주)창비
등록 | 1986년 8월 5일 제85호
주소 | 10881 경기도 파주시 회동길 184
전화 | 031-955-3333
팩스 | 영업 031-955-3399 편집 031-955-3400
홈페이지 | www.changbi.com
전자우편 | ya@changbi.com